KB020250

옥상 밭 고추는 왜

이음희곡선

+ + + + + + + + + + + + + + + + + + + + + + + + +

장우재

. . . . . . . . . . . . . . . . . . . . . . . .

# 옥상 밭 고추는 왜

* * * * * * * * * * * * * * * * * * * * * * * *

가장 개인적인 것이 가장 정치적인 것이다.

페트라 켈리(Petra Kelly, 1947 – 1992)

일러두기

「옥상 밭 고추는 왜」는 2017년 10월 13일부터 29일까지 서울시극단 '세종문화회관 M씨어터'에서 초연되었다. 이 책은 2018년 4월 12일부터 22일까지 같은 곳에서의 재공연에 맞추어 발간되었다.

재공연의 출연진 및 제작진 크레디트는 다음과 같다.

| | |
|---|---|
| 작 | 장우재 |
| 연출 | 김광보 |
| 출연 | 이창직, 장연익, 김남진, 문경희, 유성주, 백지원, 문호진, 한동규, 고수희, 이창훈, 최나라, 구도균, 송종현, 강주희, 조용진, 박진호, 오재성, 김유민, 신정웅, 장석환, 유원준, 이상승, 김민재, 이지연, 이경우, 박현 |
| 무대 | 박상봉 |
| 조명 | 김정태 |
| 음악 | 장한솔 |
| 의상 | 홍문기 |
| 분장 | 장경숙 |
| 소품 | 정윤정 |
| 음향 | 김우람 |
| 무대감독 | 장연희 |
| 무대조감독 | 김갑수 |
| 조연출 | 김하늬, 김민혜 |
| 제작감독 | 이재진 |
| 기획 | 장인정 |
| 기획홍보 | 제나영, 임주희 |
| 컴퍼니매니저 | 이나영 |

# 차례

## 무대와 등장인물

서울 某구에 있는 某빌라. 지어진 지 20년이 넘었고 실평수는 15평 정도로 15가구 이상이 산다. 그 다가구 주택의 실내 및 실외, 옥상, 앞 주차장, 그 앞 골목 등등이 자유롭게 보인다. 때는 어느 여름.

| | |
|---|---|
| 현태 | 301호. 남. 33세. 별다른 직업이 없다. 배우로서 단편영화를 몇 편 찍었다. |
| 재란 | 301호. 현태의 엄마. 59세. 요구르트 배달. |
| 현수 | 301호. 현태의 형. 37세. 공무원 시험 준비. |
| 현자 | 201호. 여. 64세. 정년퇴직했다. |
| 수환 | 201호. 현자의 동거남. 63세. 각종 수리. |
| 동교 | 303호. 남. 47세. 직업이 있었으나 현재는 무직. |
| 지영 | 303호. 동교의 아내. 43세. 대학교 시간강사. |
| 광자 | 304호. 여. 66세. 옥상 밭에 채소를 기른다. 혼자 산다. |
| 성복 | 101호. 남. 58세. 개인용달. 빌라에 산 지 가장 오래되었다. |
| 주연 | 203호. 여. 30세. 주민센터 공무원으로 복지 담당. 혼자 산다. |
| 성식 | 지하 6호. 남. 27세. |
| 균 | 남. 28세. |
| 구 | 남. 27세. |
| 쏘 | 여. 26세. |
| 김 씨 | 남. 60대 이상. 택시 운전사. 빌라 인근 기사식당의 단골. |

양 씨　　남. 60대 이상. 택시 운전사. 빌라 인근 기사식당의 단골.

최 씨　　남. 60대 이상. 택시 운전사. 빌라 인근 기사식당의 단골.

성　　할머니. 70대 이상. 빌라에 살거나 인근에 산다.

정　　할머니. 70대 이상. 빌라에 살거나 인근에 산다.

충　　할머니. 70대 이상. 빌라에 살거나 인근에 산다.

경찰

하니　　현자네가 기르는 개.

그 외

* 주요 배역을 제외하고 일인다역을 할 수 있다.

## 1장

아침. 인물들이 동시에 모습을 보인다.
301호. 재란이 문을 두드리며 현태를 깨운다. 현수는 밥을 먹고 있다.
303호. 동교가 손으로 커피를 내리고 있다. 출근 준비를 마친 지영이 방에서 나온다. 커피는 안중에도 없다.

동교 커피…

그래도 지영은 거울 보고 귀걸이 차느라 대답 없다.
옥상. 광자가 스티로폼 채마 밭에 물을 주다가 조리개를 내려놓고 고추의 진딧물을 손으로 잡는다.
201호. 수환이 인스턴트 커피를 타 마시고 '어—' 감탄사를 내뱉고 한 잔 더 탄다.
빌라 현관 앞. 성복이 나와 이를 쑤시며 쓰레기며 주변을 본다.
성, 정, 충 할머니들이 나와 놓아둔 벤치와 의자에 앉는다.
그동안 301호. 현태의 방 안에서 휴대전화 소리가 계속 난다. 끊어졌다 다시 난다.

재란 (현태 방을 보며) 잘됐네.

현수, 일어나 가방을 메고 나가고 재란은 식탁을 치운다.
303호. 지영이 커피를 마시며 빵을 뜯어 입안에 넣는다.

지영 (동교에게) 그냥 다방이나 직방에 올리라고. 그게 어려워?

동교 …

지영 어쨌든 이십칠 일 지나면 난 방 뺄 거야.

동교 다녀와.

지영, 나간다.
동교, 치운다. 현수, 주차장으로 나온다.

현수 (성복에게) 안녕하세요.

성복 아 예.

현수, 담배를 꺼낸다. 지영이 주차장으로 나왔다가 자신의 차를 가로막은 차를 보고 한숨을 쉬고 전화한다. 안 받는다. 계속 전화한다. 주연이 출근 복장으로 나온다. 밝다.
현수, 담배를 슬쩍 뒤로 돌린다.

성복 (주연에게) 어. 나가네.

주연 (성복에게) 안녕하세요.

현수 안녕하세요.

주연 (현수에게) 안녕하세요.

(성복에게) 주인집에는 전화 드렸어요.

성복 그래요.

주연, 나가고 현수, 그것을 좀 보다 담배를 끈다. 성복, 헛기침을 한다.
현수, 꽁초를 박스에 던져 넣으려는데 충 할머니가 박스를 집는다.

현수, 꽁초 들고 나간다. 현태, 휴대전화를 귀에 대고 방에서 나온다.

현태　　그거 물어보려고 지금 전화한 거야?

201호. 현자, 방에서 나온다. 하니, 따라 나온다.

현자　　믹스커피도 다 돈이야.

현태, 담배 들고 문 열고 옥상으로 향한다.
수환, 입술을 오무린다.

현자　　하니, 들어가.

현자, 현관으로 나온다.

현태　　형. 이거 나한테 이러는 거 무례 아냐?

현자, 통화하고 나가는 현태와 마주친다.

현자　　저기.
현태　　(휴대전화 떼고) 예?
현자　　거기 내가 여기 계단에 놔둔 봉 옷걸이 부러진 거 봤어요?
현태　　… 에?
현자　　거기 옥상 창고에다 짐 엊그저께 올리면서 그게 부러졌잖아.
현태　　형. 내가 이따 전화할게.

현자와 현태 옥상으로 올라간다. 광자, 다시 물 준다.

수환 (하니에게) 들어가. 들어가.

수환, 종이컵 하나를 물고 나와 내려간다.
성복과 만난다. 건넨다.

수환 아직 새죠? 지하.
성복 응. 계속 새.
수환 그러게 싹 부수고 새로 올려야 되는데.
성복 그게 맘대로 되나?
수환 아직 의견 다 안 모였어요?
성복 몰라.
수환 습기 찰 텐데.

성식, 부스스한 차림으로 주차장으로 나온다.

성식 (지영 앞을 지나며) 혼자 사나.
지영 그게 아니라 아침에 나갈 차잖아요.

성식, 무시하고 지나간다. 지영, 황망하다.

성복 새벽에 늦게 들어오나 봐. 이해해요.

동교, '방 내놓음' 인쇄한 종이를 들고 내려온다. 성식의 차 시동 소리 들리고 차 빼는 소리 들린다.

동교 왜?

지영, 무시하고 키 잡고 나간다.
지영 차 나가는 소리.

성복 새벽에 늦게 들어와서 차 세울 데가 없나 봐.
동교 예.

성식, 슬리퍼를 질질 끌며 들어간다.

성복 더 자요.

성식, 대꾸도 안 하고 들어간다.

수환 수고하세요.
성복 엉.
동교 수고하세요.
수환 예. (성식 들어간 쪽을 보며) 싸가지 없는 새끼. 쓰레빠 찍찍 끗고.

수환, 나간다.

성복 방 잘 안 나가?
동교 예. 근처에 신축이 많아서. 뭐, 몇 군데 더 붙여 봐야죠.
성복 거 뭐 요새는 컴퓨터로 다 한다는데. 인터넷.
동교 나갈 거예요. (할머니들에게) 안녕하세요.

할머니들, 고개만 끄덕거릴 뿐 빤히 쳐다본다. 동교, 나간다. 성복 들어간다.

옥상.

현태 이게 저 때문에 그랬다구요?

현자 아니면 왜 멀쩡한 옷걸이가 부숴져?

현태 근데 이거 쓰시는 거 맞으세요?

현자 다 쓰는 거지. 안 쓰는 게 어딨어.
그러고 저 창고에 짐들이 뒤죽박죽 돼서 어뜩해?

현태 얼만데요?

현자 뭐가?

현태 저 옷걸이.

현자 이 사람이.

현태 얼마냐고요. 드릴게요. 주워 오신 거라도 부서진 건
부서진 거니까 드릴게요.

현자 이 사람이.

현태 이 사람이고 저 사람이고 간에 아줌마 너무
째째하게 그러는 거 아니에요. 그러고 원래 옥상
창고 공동으로 쓰는 거 아니에요?

현자 물건이 다 엉클어뜨려져서 그러는 거 아냐.

재란이 소란을 듣고 나온다.

재란 뭔데, 왜?

현자 이거 부러졌잖아.

재란 (현태에게) 왜?

현태 아, 돌아버리겠네. 아줌마, 그게 내가 했단 증거
있어요?

현자 안 그럼 왜 멀쩡한 게 부러져?

재란 (현태의 등짝을 때린다)

현태 아.

재란 미안해요. 못 봤나 부네.

현자 창고도 좀 싹 다 정리해놓고. 세 살아도 깨끗이 살아야지.

현자, 내려간다. 201호로 다시 들어간다.

재란 (현태에게) 하지 마.

현태 뭘?!

재란 뭐든. 시끄럽게. (광자에게) 안녕하세요.

광자 예. 고추 좀 따 가세요.

재란 아. 예.

현태 틀림없다니까. 응. 내 공구통 보쉬, 저 아줌마가 가져갔다고.

재란 니가 봤어, 봤어?

현태 저 아줌마 장난 아니라니까. 할머니들 다 저 아줌마한테 갖다 바쳐.
내가 어디서 공구통 보기만 하면.

재란 죄 받어. 쓸데없이 사람 의심하면은.

현태 엄마. 몰라? 사람 무시하는 거. 안 봤냐고.

재란 들어. 들어. 조용. 조용. 그러고 니가 뭐라고 그 짐 다 맡고 있는데. 영환가 뭔가. 싹 갖다 줘버려.

현자, 검은 봉다리 들고 나와 내려간다.
재란, 301호로 들어간다.
현태, 옥상 플라스틱 의자에 털썩 주저앉는다. 담배를 찾는다. 없다.

광자 담배 주까요?

현태 …

광자, 담배를 내민다. 불도 준다. 현태, 받는다.

현태 고맙습니다.

광자 다 그래. 모른 척해. (201호) 독한 사람이야. 다 알아. 이거 이거 고추도 엄청 따 갔어. 한두 개면 모르겠는데. 스무 개씩. 백 개씩.

현태 (귀찮다) 아 예.

광자 아주 보통 사람 아니야. 다 알아.

현자, 충 할머니에게 검은 봉지를 내민다. 충 할머니 열어 본다.

정 고추네.

현자 엊그제 김포 갔다 왔어.

정 좋네. 땅도 있고. 맛있어. 그거.

충 할머니 아무 말도 없이 꼭꼭 챙긴다.

현자 별일들은 없어요?

성 거기 그 청약이 잘 안 늘어난대.

현자 그건 나도 알고. 또?

정 프랑카드 새로 붙인대.

현자 엔씨(NC) 옆에 공원 들어서는 거는?

성 (퉁명스럽게) 다 말했어.

현자 왜 그래?

성 뭘.

정 고추가 맛있어. 그렇다고.

재란이 유니폼을 입고 나온다.

재란 안녕하세요.

다들 묵묵.

재란 옷걸이 나중에 물어드릴게요.

현자 아 됐어요.

재란 수고하세요.

재란, 나간다.

정 저 집은 안 나가나?

현자 뭘. 지들이 어떻게 결정해. 주인 맘대로지. 그리고 그 주인들은 젊어서 빠꼼이라 알아서들 해. (성, 정 할머니에게) 이따 점심때 와. 고추 주께. 많아. 냉장고에. 아, 냄새. 지하 곰팡이, 여기까지 올라오지?

정 응. 냄새나네.

성 냄새나.

현자 아니, 지하 살면 깨끗이라도 살아야지.

정 저기 5혼가 거기는 뭐 아픈 애 산대며?

현자 몰라. 가끔 소리 지르고 그래.

충 (크억 크억 가래를 계속 모으며) 냄새나.

현태에게 전화가 온다.

현태 응.

한쪽, 전화한 태용 나온다. 광자, 들어간다.

태용 이따 열 시에 미팅이라서 그래.

현태 안 한다고.

태용 내가 미안해서 그래.

할머니들, 현자 나간다.

현태 미안한 줄 알면은. 됐고. 그냥 나 안 해.

태용 얼굴 안 나온대니까.

현태 그러고 형도 그렇게 살지 마. 아무리 영화가 다 페이크라지만 독립영화 찍던 사람이 그럼 돼? 바람은 못 찍어도 물결에 이는 파문은 찍을 수 있다.* 누가 얘기했는데. 나 그때부터 지금까지 형 진짜 믿고 따랐어. 근데 포르노?

태용 로망.

현태 그래가지고 우리 나머지 찍을 수 있겠어? 나 지금 우리 영화, 그 짐, 다 보관하느라. 하.

태용 미안하다. 현태야. 근데 재능이란 게 우리가 알아보는 게 아니라 남이 알아볼 때 가치가 생기는 거드라고. 영진위, 코닥, 이런 데서는 다 까이는데 여기는 내 글이 좋대. 그냥 통과야. 난 똑같이

* 로베르 브레송의 말.

찍는다고 생각해. 다른 거는 남성 퀴어가 아니라 여성 퀴어지.

현태 왜. 보는 사람이 다 남자 새끼들이니까?

태용 핑크무비. 내가 말했잖아. 일본 감독들도 다 그렇게 시작한 사람들 많아. 야. 내가 너 사랑 안 하면 이렇게까지 얘기하겠냐.

현태 됐고. 그 사랑. 우리 영화 나머지 찍어서 증명해.

태용 현태야.

현태 그리고 형 아니래도 내 재능 알아볼 사람 많아.

## 2장

낮. 아무도 없다.
옥상 밭. 현자가 봉지를 들고 나온다. 주변을 둘러본다. 고추를 따기 시작한다. 하나, 둘. 점점 많아진다. 그래도 계속 딴다. 광자가 나오다 이걸 본다. 계속 본다. 현자가 인기척을 느낀다. 그러더니 아무 말 안 하고 다시 고추를 딴다. 계속 딴다. 광자가 한쪽에 비닐봉지까지 들여다본다. 너무 많다.

광자　　아줌마. 그렇게 많이 따요? 엊그저께도 싹 따 갔드니마는.

현자, 대꾸도 안 하고 계속 딴다.

광자　　아줌마. 내 말 안 들려요?

현자, 계속 딴다.

광자　　아줌마. 그만 따요.
현자　　내 흙 내놔. 이 도둑년아.
광자　　뭐… 뭐…

광자, 기가 막혀 말이 안 나온다. 현자, 계속 딴다.

광자　　아줌마가 이사 간다고 올해는 농사 안 짓는다고 하니까 그래서 내가 심은 건데.

현자 그러니까 이 도둑년아.

광자 도둑년이라니. 어디 성당 다니는 년이 말을 그래 함부로 해.

현자 년이라니. 이 개 같은 년이 어디다 대고 말을 함부로.

광자 (뒷목을 잡으며) 니가 나이가 몇인데.

현자 먹을 만큼 먹었다. 이년아. 서방도 없이 혼자 사는 개 같은 년이. 온 옥상을 지가 다 쓰고. 음식물 쓰레기 갖다가 퇴빈가 뭔가 온 냄새 풀풀 풍기고.

광자, 뒷목을 잡고 풀썩 주저앉는다.

현자 이년아. 뺑끼 쓰지 마.

광자 이 악질 같은 년…

현자 너 때메 이년아 이렇게 더러워 빠진 건물 신축도 안 되고, 이년아 니가 무슨 용가리 통뼈라고 좀 깨끗이 살자는데 냄새 피우고. 응. 혼자 사는 년이.

광자 너… 너…

현자 엉? 풋고추 몇 개 땄다고 사람을. 염치가 있어야지. 옥상을 자기 혼자 쓰는 것도 아니고.

동교가 옥상에 올라왔다 이 모습을 본다. 현자, 동교를 의식하고 광자를 도와주는 척 일으켜 세워준다.

현자 에그… 쉬엄쉬엄 하셔야지.

현자, 웃으며 봉지를 들고 내려간다. 그러다 올라오는 현태와 부딪친다.

현자·현태　아.

현자　거 개나 소나 다 옥상으로 몰려들어.

현태　예?

현자　꽁초 함부로 버리지 말라고. 이거를, 내가 다 줏어.

현자, 내려간다. 광자, 멍하다.

현태　씨바. 뭐야 진짜.

동교　아줌마. 괜찮으세요?

광자　… 예.

광자, 천천히 걸음을 떼 떨어진 풋고추를 집으려다 다시 주저앉는다.
동교가 얼른 뛰어가 부축한다.
현태, 영문을 모른다.

## 3장

며칠 뒤. 다시 아침.
현태, 담배 들고 옥상으로 오른다.
현태, 통화한다.

현태 아침 일찍 죄송한데요. 어젯밤에 문자가 와서. 예. 근데 그게 무슨 얘기죠? "죄송합니다. 해당 촬영분이 취소되어서요. 곧 연락드리겠습니다." 예. 그 얘기는 저도 이제훈 배우한테 다 들었는데. 근데요. 역할 작다고 이렇게 절차도 없이 문자 통보해도 되는 겁니까?
그게 아니라 제가 벌써 몇 번이나 회사 들어갔다 왔잖아요. 감독 미팅까지 하고. 그건 어떻게 하실 건데요. 아니, 그럼 그쪽 오늘 촬영은 중요하고 나는 안 중요하고.
됐고, 피디, 번호 주세요. 아니, 라인 피디 말구. 메인. 아니면 내가 직접 대표한테 전화할까요?
네. 네. 알려면 충분히 알 수 있거등요. 좌우지간 이번엔 절대 안 넘어갈 테니까.

현태, 전화 끊는다. 숨을 몰아쉰다.
경과.
현태, 전화 온다. 받는다. 제훈, 한쪽에 등장한다.

제훈 나다.

현태　　응.

제훈　　현장 지금 난리다.

재란, 옥상에 빨래를 들고 와 넌다.

현태　　뭐가?

제훈　　연출부 막내. 너랑 통화한 걔. 울고 불고. 그거 하나 못 막냐고. 짜른다고.

현태　　씨바 그래서?

제훈　　씨바가 아니라 웬만하면 털어버려. 걔가 무슨 죄냐?

현태　　…

제훈　　그리고 또 이게 투자사가 밀고 들어온 거라. 실질적으로 계약서를 쓴 것도 아니고 실제로 걸어도 걸 게 없대.

현태　　…

제훈　　현태야. 너무 예민하게 굴지 말고 나 지금 얘기되고 있는 거 다른 거 내가 너 좀 얘기해볼 테니까 털어버려.

현태　　내가 왜?

제훈　　그게 아니라 현태야.

현태　　터는 게 왜 맨날 나여야 되냐고.

제훈　　…

현태　　말 못 하겠지. 너는 그런 일 없을 테니까.

제훈　　후.

현태　　됐고. 너도 나 신경 쓰지 마. 내 일 내가 알아서 할 테니까.

제훈　　현태야. 내가 슛 들어가야 되니까 이따 끝나고.

현태 됐어.

현태, 전화 끊는다.

제훈 후. (들어간다.)

현태 좆도 연기로 사기 치는 새끼가.

재란, 빨래를 탁탁 털어 넌다. 현태, 물끄러미 앉아 있다.

재란 안 보여? 이거? 엄마 팔 아픈 거.

현태, 일어나 빨래를 같이 털어 넌다.

재란 왜 또, 뭐가 안 풀려?

현태 아냐. 근데 이거 고추가 왜 이래?

재란 고추가 뭐?

현태 진딧물 엄청 번졌네.

재란 번졌나 부지.

현태 304호 아줌마는?

재란 몰라. 며칠 전에 쓰러져서 앰블란스로 병원 갔다드라.

현태 (버럭) 씨바 진짜.

재란 왜?

현태 201호 아줌마 때문이라지?

사이.

재란 뭔 소리야 갑자기?

현태　엊그저께 201호 아줌마가 고추 다 따 가가지고 304호 아줌마가 말렸는데 혼자 사는 년이라고 그랬대.

재란　그래서?

현태　그래서 그 아줌마 쓰러진 거라고.

재란　미친놈아. 그런다고 아줌마가 쓰러지냐. 고추 때메?

현태　그게 아니라 사람한텐 중요한 게 있다고.

재란　그게 고추야? 응? 그게 중요해?

현태　아무리 그게 고추라도 그 사람한테는 그게 살아가는 희망이 될 수도 있는 거라고.

재란　… 난 모르겠다.

현태　그래. 엄만 몰라. 그 아줌마 악마라는 거.

재란　너 이놈 새끼.

현태　악마가 딴 데 있는 게 아니라 이런 게 악마라고. 자기만 알고 못사는 사람들은 안중에도 없고 무시하고 그래서 사람 돌아버리게 만드는 게 그게 악마라고.

재란　말 조심해.

현태　이대로 못 넘어가.

재란　못 넘어가면?

현태　사과하게 해야지.

재란　누구한테?

현태　304호 아줌마한테.

재란　미친놈아. 니가 그걸 왜 신경 쓰는데. 니 앞가림도 못 하면서.

현태　엄마. 진짜 모르겠어? 세상이 왜 망가지는지. 그런 게 아무 일도 아니라고 생각하니까 세상이 점점 더 이렇게 되는 거야.

재란 후— 니가 한가하구나.

현태 한가한 게 아니라. 두고 봐.

## 4장

다시 아침. 인물들이 동시에 보인다.
301호. 재란이 문을 두드리며 현태를 깨운다. 현수는 밥을 먹고 있다.

현수　　내비 둬. 어젯밤에 안 잤어.
재란　　왜?

303호. 동교가 밥상을 차렸다. 출근 준비를 마친 지영이 방에서 나온다.

지영　　무슨 냄새야?
동교　　북엇국…

지영, 화장실로 들어간다. 약하게 게우는 소리가 난다.
옥상. 아무도 없다.
201호. 수환이 인스턴트 커피를 타 마시고 '어—' 감탄사를 내뱉고 한 잔 더 탄다.
빌라 현관 앞. 성복이 나와 이를 쑤시며 쓰레기며 주변을 본다.
성, 정, 충 할머니들이 나와 놓아둔 벤치와 의자에 앉는다.
현수, 일어나 가방을 메고 나가고 재란은 식탁을 치운다.
지영, 화장실에서 나온다.

지영　　전화 좀 왔어?

동교　오늘 한 사람 보러 온대.

지영　장은 무슨 돈으로?

동교　생활비.

지영　카드 이제 정지될 거야.

동교　공개 강의는 언제야?

지영　신경 쓰지 마.

동교　술 많이 먹지 마.

지영　안 먹음 누가 내 얘길 들어주는데. 남자 교수들 진심은 다 술자리에서 나와. (우욱)

동교　그렇게 살면 잡아먹힌다.

지영　안 잡아먹히면 나도 오빠처럼 살라구?

동교　미안하다.

지영　아니. 오빠. 우리 서로 그런 말 않기로 했잖아. 미안. 죄송. 이해. 그런 말이 사는 데는 전혀 보탬이 안 된다는 거 우리 알잖아.

지영, 나간다.

동교　다녀와.

동교, 치운다.
현수, 주차장으로 나온다.

현수　(성복에게) 안녕하세요.

성복　아 예.

현수, 담배를 꺼냈다 도로 넣는다.
지영, 주차장으로 나왔다가 자신의 차를 가로막은 차를 보고 한숨을 쉬고 전화한다. 안 받는다. 계속 전화한다.
주연, 출근 복장으로 나온다.

성복 (주연에게) 어. 나가네.

주연 안녕하세요. 주인집 전화 받으셨죠?

성복 어. 그래요. 이거 이사 온 지 얼마 안 됐는데. 그래도 뭐 금방 방 빼야 되고 그런 건 아니니까 걱정 말고.

주연 아뇨. 제가 뭘. 오히려 주인 분들이 샷시 다 새로 했는데 아깝다고.

성복 뭐 건물 새로 올리면 더 좋아지니까. 그때도 같이 살았으면 좋겠다. 주연 씨 오고 동네 사람들 한결 더 복지 좋아졌다고. 주민센터.

주연 저도 좋죠. 방값도 싸고. 정도 들었고.

성복 그래요. 고생해요.

현수 안녕하세요.

주연 아, 안녕하세요. 오늘은 담배 안 피우시네요.

현수 끊으려구요.

주연 아, 예.

주연, 나간다.

성복 참 이뻐.

충 할머니가 컥컥 가래를 모은다. 현수, 나간다.
201호. 현자, 방에서 나온다. 하니, 따라 나온다.

현자 믹스커피도 다 돈이야.

수환, 입술을 오무린다.

현자　　하니, 들어가.

현자, 주차장으로 나온다. 할머니들에게 뭔가를 이른다.
할머니들 일사분란하게 흩어진다. 현자도 나간다.
수환, 종이컵 하나를 물고 나와 내려간다. 성복과 만난다.
건넨다.

수환　　이제 괜찮지? 지하.
성복　　응. 밸브를 막았으니까.
수환　　그러게 싹 부수고 새로 올려야 되는데.
성복　　그게 맘대로 되나?
수환　　아직 다 의견 안 모였어요?
성복　　몰라.
수환　　냄새 빠지려면 한참 걸릴 텐데.

성식, 부스스한 차림으로 주차장으로 나온다. 지영을
째려보고 지나간다.

성복　　새벽에 늦게 들어오니까. 어제는 내가 봐도 틈이
　　　　없드라고.
수환　　싸가지가 좀 없어.

지영도 키 잡고 나간다. 두 대의 차가 움직이는 소리. 자동차
경적 소리.

성식(소리)　씨바. 좀 더 뒤로 빼라고.

지영(소리) 뭐? 지금 뭐라고 그랬어?

성식(소리) 차를 빼야 차가 나가지. 엉. 그렇게 급하면 바깥에 세우든가.

성복 어어.

성복, 나간다. 동교, 내려와 그쪽으로 향한다.

성복(소리) 좀 더. 좀 더. 스톱. 스톱. 되겠다. 되겠다.

동교(소리) 어어 됐어. 됐어. 그렇게 쭈욱.

수환, 바라보며

수환 저 새끼. 저거. 저거.

동교(소리) 오케이. 오케이. 그대로. 그대로.

차 소리 멀어진다. 동교와 성복 들어온다.

성복 사모님이 오늘 좀 급했나 봐.

동교 예. 오늘 좀 컨디션이 안 좋아서.

성복 어. 그래 보이더라고.

성식, 슬리퍼를 끌고 씩씩거리며 들어간다.

성복 새벽에 늦게 들어와서.

동교 예.

수환 수고하세요.

성복 엉.

동교 수고하세요.

수환　　예.

수환, 나간다. 현태, 방에서 나온다.

성복　　방은?
동교　　예. 누가 오늘 보러 온대요.
성복　　잘됐네. 이사 갈 집은 어디로?
동교　　글쎄요. 아직.
성복　　아니, 갈 집을 봐놓고 날짜를 맞춰야지. 안 그럼 큰일 난다고.
동교　　맞춰봐야죠.

동교, 들어가려는데 현태가 앞 주차장으로 내려온다.

현태　　그러니까 일반 병실로 옮긴 거죠?
성복　　응.

동교, 멈춰 얘길 듣는다.

현태　　그럼 간호는요?
성복　　글쎄. 아들이 중국에 있다니까 당장엔 사람 돈 주고 써야지.
현태　　간호사가 있지 않나요?
성복　　간호사가 있어도 이십사 시간 있나. 마비가 왔으니까 간병인이 있어야지. 똥오줌 다 받아 내려면. 근데 그걸 왜?
현태　　그 돈 다 어떻게 대요?
성복　　모르지. 보험이 되나, 어쩌나. 근데 그걸 왜?

현태 그 아줌마, 201호 아줌마와 싸워서 그렇게 된 거잖아요.

성복 싸운 게 아니라 요 앞길에서 쓰러졌다는데 그걸 303호 동교 씨가 발견해서 옮긴 거고, 아니 전화한 거고.

현태 그게 아니라 그 전에 아줌마랑, 201호 아줌마랑 옥상에서 고추 때메 싸웠거든요. 근데 그때 201호 아줌마가 혼자 사는 년이라고.

성복 고추 때메 왜?

현태 고추를 201호 아줌마가 한 백 개를 한꺼번에.

성복 왜?

현태 그거야 모르죠.

성복 참 나 그거를 사서 먹지.

현태 그러니까요.

성복 그래서 광자 아줌마가 쓰러졌다고?

현태 네? 광자?

성복 그냥 그 아줌마 이름이. 오래 사셨거등. 나 다음으로.

현태 네.

수환 거 뭐 고추 몇 개 때문에 뭔 소리요?

수환, 등장해 이미 듣고 있었다.

현태 그게 아니라 고추를 계속 땄대요. 몇십 개를. 하지 말래도.

성복 좀 과했나 부지. 욕심이.

현태 그건 욕심이 아니라 일종의 살인이에요…

성복 말이 좀 심하다.

현태　그게 아니라… 죄송합니다. 근데 사람을 죽여서만 살인이 아니라 그 사람 뿌리를 흔들어버리면 그것도 살인이에요. 아줌마는요. 예. 광자 아줌마. 그 아줌마는 고추 따 가라고 했어요. 고추 키워서 저 혼자 먹겠다는 것도 아니고 같이 나눠 먹고 싶어서 우리 집도 주고… 다 그랬잖아요? 근데 그 나누는 것이 뺏는 걸로 바꿔어버린 거죠. 201호 아줌마 때문에.

수환　고추를 많이 따서?

현태　예. 한 인간한테 사는 재미였던 게 어느 순간 더러워진 거죠. 성희롱한다고 사람 죽어요? 몸은 이상 없죠. 근데 이 정신이, 마음이 찢어져버리는 거잖아요.

수환　고추 때문에 마음이 찢어져버리면은 옛날에는 어떻게 살았나.

현태　지금 옛날 아니잖아요.

수환　옛날이 아니래도 그렇지. 사람이 그런 걸로 다치기 시작하면은 응, 개미, 이 개미들 모르고 밟아서 죽인 거는.

성복　그건 그렇지.

수환　너무 나약해.

현태　아저씨 우리가 지금 먹을 게 없어서 죽나요? 근데 왜 애들은 왜 자꾸 옥상에서 뛰어내리죠? 이 공기가 숨을 못 쉬게 하니까.

수환　그 공기 우리가 그랬나?

성복　그만해.

수환 아니, 그만하나 마나. 지금 이 사람이 응,
고추 몇 개 때문에 사람을 아주 쌩매장을 할려고
그러잖소. 세상 좋아졌다고 별것들이 다.

현태 뭐요?

재란, 나오다 이 모양을 본다.

성복 그만하라니까.

수환 응? 안 그래? 보자 보자 하니까 못 하는 소리가
없소. 성희롱이 뭐고 살인이 뭐요?

현자가 나와 이를 본다. 할머니들도 나온다.

재란 현태. 들어가.

현태 가만있어봐.

수환 저거 봐. 지 모친한테.

현태 아저씨가 우리 엄마한테 뭐 해준 거 있어요?

수환 니들 먹고 자고 공부한 거 그거 누가 다 했는데.

현태 그러면 아저씨가 했어요?

수환 뭐 이놈이. 어른을 좀 봐.

재란, 현태의 뺨을 때린다.

재란 너 가. 가서 너하고 싶은 대로 하고 살아.

성복 아유. 아주머니도. 이 학생이.

현태 저 학생 아니에요.

성복 응. 이 청년이. 304호 아줌마 때문에 속상해서
그러지. 착해서.

재란 왜 니 화를 이상한 데 풀어?
현태 뭐라고?
재란 왜 니가 답답한 걸 세상에다 푸냐고.
현태 좆같으니까. 당신들이 만든 세상이 좆같애서.

사이.

현태 사과해야지. 잘못할 수도 있고 실수할 수도 있고 고추 몇 개 더 먹을 수도 있는데. 그 사람이 상처를 받았으면 사과는 할 줄 알아야지.

사이.

성복 그래. 다쳤다니까. 아니, 쓰러졌다니까 이웃끼리 걱정도 하고 그런 차원에서 사과도 하고 아니 병문안도…
현자 무슨 소리예요?
성복 아니, 그게 304호 아줌마가 쓰러져서.
현자 그걸 왜 내가 사과하는데?

사이.

현태 사람이 쓰러졌잖아요.
현자 그래서?
현태 사과하시라구요.
현자 왜?
현태 아줌마가 그 아줌마 쓰러지게 했으니까.
현자 고추 때문에?

현태 그게 아니라 그 아줌마 혈압 있었잖아요.

현자 아니, 그럼 혈압 있는 사람한테는 아무 말도 못 하게?

사이.

현자 참나 말 같지도 않는 소리를. 내가 흙 줘서 거기다 심은 거니까 몇 개 좀 따간 거 가지고.

현태 아줌마한테는 별걸지 몰라도 그 아줌마한테 그게 유일한 낙이라구요. 사는 낙.

현자 낙 같은 소리 하고 있네. 약해 빠진 것들이 지가 약해서 처자빠진 걸 가지구 별걸 다 덤터기를 씌워서 옆에 사람 괴롭힐라구. 그런 것들 다 받아 주니까 별것들이 다 나서서 진짜 노력한 사람들한테 기대서 살려고 그러잖아.

현태 예?

사이.

현자 그래, 이 빌라, 이십 년 다 돼서 지하는 새고 보일러는 많이 들고. 옆에는 다 빌라 새로 올라갔는데 그거 좀 깨끗하게 다 같이 살아보자는데 뭐이 잘났다고 유세를 떨고 냄새를 피우고 별것도 아닌 것들이 별것도 아닌 걸 가지고.

수환 저기.

현자 왜 내가 말 못 해? 사람이 노력을 해서 살면 왜 못 살아? 근데 그렇게 살아보지도 않고 남 탓 세상 탓만 대잖아. 너도.

현태　　아줌마 눈에 이 일이 그렇게 보이세요?

현자　　보이나 마나 너 느끼는 거 없어?

## 5장

다음 날. 바람 분다.

현태, 집 앞 여기저기에 대자보를 붙인다.

동교, '방 내놓음' 인쇄한 종이를 들고 서 그것을 본다.

성 할머니, 현태가 붙이고 간 것을 뗀다.

현태, 뗀 자리에 다시 대자보를 붙인다.

다른 곳에 정 할머니 나타나 또 뗀다.

현태 할머니.

정 난 몰라. 바람이 뗀 거야.

정 할머니 사라진다.

현태, 또 붙인다.

충 할머니 나타나 또 뗀다.

현태 할머니, 이거 떼는 거 아니에요.

충 크아아악. 퉤.

침 뱉고 말없이 나간다.

현태, 또 붙인다.

동교 그게 그렇게 해서 되겠냐?

현태 …

현태, 아랑곳하지 않고 붙인다.

동교 왜 사람으로 태어난 걸까?

현태 …

동교 왜 더 고추를 먹고만 싶은 걸까.

현태 …?

동교 기대를 버려. 여러모로 편해져.

현태 저한테 뭐 바라는 거 있으세요?

동교 넌 바라는 게 있어야 돕냐?

현태 도와요?

동교 엉.

현태 왜 그러세요? 저한테?

동교 니가 한심해 보여서.

현태 그래서 그거 증명하려구요?

동교 최종 목표가 뭐냐? 너. 그거.

현태 (대자보를 가리키며) 진심 어린 사과.

동교 진심은 어려워. 사과는 몰라도.

현태 그럼요?

동교 사과 정돈 받을 수 있겠지.

현태 어떻게요?

동교 어떻게?

## 6장

다음 날. 맑다.
집 앞 골목에 균, 구, 쏘 모인다. 그 앞 동교, 현태.
구, 현태에게 악수를 청한다.

구　　고생 많으십니다. 이제 함께합시다. 우리가
　　도와드리겠습니다. 당신은 혼자가 아닙니다.
　　파이팅. 이럴 줄 알았죠?
　　아니야. 우린 우리가 좋아서 여기 온 것뿐,
　　그러니까 쓸데없는 눈물 따윈 흘리지 마쇼. 우리는
　　우리가 하고 싶은 대로 할 거니까.
동교　　(소개하며) 구.

현태, 구와 인사한다.

균　　균입니다. 얘(구) 말은 신경 쓰지 마세요.
쏘　　쏘입니다.
현태　　안녕하세요.
동교　　애들은 경험이 많아. 그리고 방금 얘가 말한 대로
　　지들이 하고 싶어서 하는 애들이니까 부담
　　안 가져두 되고.
균　　근데 이거는 좀 쉽지 않은데 마땅한 범법 사실이
　　있는 것도 아니고 고추 좀 많이 따갔다 뿐인데
　　그걸로 어떻게 할 수 있는 근거가 마련되는 것도
　　아니구.

구 아니, 나는 최근에 들은 얘기 중에 제일 재밌는데. 안 그래? 보이는 거 암만 따져봤자 결국은 안 보이는 거에서 결판나잖아.

쏘 그냥 어느 동네에나 있을 법한 훈훈한 얘기 같은 걸 그 아줌마가 하룻밤에 먹고 먹히는 걸로 바꿔 버렸잖아. 그게 이 시대 가장 큰 문제지. 적이 눈에 안 보인다는 거.

균 그래서?

구 눈에 보이게 만들어야지. 이게 진짜 문제라는 걸.

균 어떻게?

구 색깔을 발라야지. 투명한 적한테.

쏘 프레데터처럼?

구 그렇지. 투명인간 옷 입히는 거랑 똑같애.

균 그게 그 사람들이랑 하는 방법이랑 뭐가 달라? 구별 안 되니까 그냥 다 색 발라버리는 거.

구 형은 참. 인간 다 거기서 거기야.

균 싫어.

구 그럼?

균 그냥 나를 발라서 그 사람들이 드러나게 만든다.

구 어느 세월에?

쏘 시간이 걸려도?

동교 쏘(so), 동감.

사이.

쏘 나도. 싸우는 거 싫어요. 그냥 내가 누구라고 말하는 게 좋아. 나는 풀이다. 나는 돌이다. 그게 다다.

사이.

구　　옥상 밭 고추는 사고파는 물건이 아닙니다.
　　옥상 밭 고추는 누구나 먹을 수 있듯이 누구 하나가 독점할 수 있는 물건이 아닙니다.
　　팔 게 있고 살 게 있다구요. 옥상 밭 고추는 그게 아닙니다. 그거 오염시키지 마세요.

쏘　　상처 줬으면 사과하세요. 그럼 됩니다.

동교, 박수친다.

구　　약간 녹색당 같은데?

쏘　　의상은 풋고추로 하죠. 초록으로. 통으로.
　　피켓 들고.

균　　내가 충북 청양에 연락해볼게. 거기 고추 아가씨 뽑을 때 의상 본 거 같애.

구　　고추 아가씨는 빨간색 아닌가?

동교　　그건 음성이고 이건 청양이잖아.

쏘　　청양. 충북. 청양.

구　　고추 얘기하니까 배고프네. 된장 푹 찍어서 밥 말아 먹었으면 좋겠다.

동교　　가자. 근처 기사식당 있어. 무지개 식당.

쏘　　올.

다들 나간다. 현태는 어리둥절하다.

동교　　(현태에게) 안 가?

다섯, 나간다.

무지개 기사식당 앞

김 씨, 양 씨, 최 씨, 이 쑤시며 나온다.

김 씨　　아니, 근데 조합에서 뭐라고 전화 왔다고?

양 씨　　이번에 택시요금 인상, 우리 쪽은 말 따로
　　　　내지 말고 그냥 관망하자고.

김 씨　　근데 왜 나한테는 전화 안 해?

양 씨　　하겠지.

최 씨　　위원장이 자네가 말을 안 들을 걸 아니까.

김 씨　　말을 들을지 안 들을지 지가 어떻게 아는데?

다들 묵묵부답.

김 씨　　위원장 그 새끼 웃긴 새끼네. 한 번 짖어야겠네.

나이 지긋한 기사가 혼자 나온다.

균, 구, 쏘, 밥 다 먹고 나온다.

김 씨　　(기사에게) 많이 했어?

기사　　못 했어.

김 씨　　못 했는데 소고기 먹었어?

기사　　…

김 씨　　난 다섯 개 했어. 그래도 제육 먹어. 돼지고기.

기사, 민망하다. 김 씨, 양 씨, 최 씨는 웃는다.

김 씨 일을 못 했으면 밥을 먹지 말아야지.
난 어제 축구두 찼어. 쉬는 날에는 등산두 가고.

구 좀 심하네.

구의 손을 잡는 동교, 누른다.

김 씨 일하지 않으면 먹지도 말라. 그건 성경에도
나와 있는 말이고 절간에 스님들도 다 일해. 근데
일을 못 한 사람이 어떻게 불고기백반을 먹어.
한 세 개는 했나?

기사, 웃을 뿐 말하지 않는다.

김 씨 지미 씨발 좆같이. 서민들 경제는 맨날 이 모냥
이 꼴이야.

김 씨, 쭉 들이킨다.

양 씨 이번 정권도 글렀어. 돈을 써야 택시를 타지.

김 씨 아 냅둬. 자살할지도 모르니까.

모두들 낄낄낄 웃는다.

구 씨바. 여기가 지옥이다.

## 7장

아침. 주차장. 경쾌한 음악과 함께
균, 현태, 동교가 풋고추 의상을 입고 피켓을 들고 나온다.
피켓에는 "옥상 밭 고추는 사고파는 물건이 아닙니다.
옥상 밭 고추는 누구나 먹을 수 있듯이 누구 하나가
독점할 수 있는 게 아닙니다. 옥상 밭 고추는 우리 모두의
고추입니다. 옥상 밭 고추를 괴롭히지 마세요. 201호
아줌마는 사과하세요. 그거면 충분합니다." 등의 말이 쓰여
있다.
구와 쏘가 사람들에게 전단지를 나눠 주고 있다.
발랄한 음악에 구경하는 성복이 어둡지만은 않다.
관할 경찰이 나와서 이를 물끄러미 쳐다보고 있다.
현수가 나와 고추(현태)를 보며 인상을 구기지만 자리를
떠나지 못한다.
성, 정, 충 할머니가 나와 이를 멀뚱히 쳐다보고 있다.
현자가 그 옆에 있다. 그 옆에 수환이 있다. 분위기,
활기차다.

정　　뭐여? 저 뭐 나눠 주는 거여?
성　　사과하래잖아.
정　　사과?

성, 정 할머니에게 피켓과 옥상과 현자를 가리킨다.
충 할머니는 뒷짐을 딱 지고 보고 있다. 주연이 출근
복장으로 나온다.

현수　안녕하세요.

주연　안녕하세요. 근데 이거 뭐예요?

현수　그게 저…

구가 주연에게 전단을 주며 설명한다.

주연　그러면 일종의 집횐데 신고는 하신 거예요?

구　옥내 집회는 신고나 허가 대상이 아닙니다.

주연　지금 바깥이잖아요.

구　여기, 이 빌라 주차장 안이거든요.

주연　아, 여기는 빌라 땅이죠?

현자　(경찰에게) 아, 뭐하는 거야? 이렇게 시끄럽게 아침부터. 얼릉 못 하게 해야지.

경찰　그런데 이게 옥내 집회라서.

현자　어디가 옥낸데, 여기 집 밖이잖아.

경찰　그래도 이 주차장까지는 이 빌라 땅이라서요.

현자　그런데 이렇게 시끄럽게 해도 돼? 그리고 이 땅이 다 자기들 땅인가. 저 사람들 (고추를 가리키며) 세 사는 사람들이라고.

경찰　세를 살아도 사는 건 사는 거죠. 그런데 201호 아줌마세요?

현자　예. 그런데요.

경찰　무슨 일 있었던 거예요?

현자, 경찰에게 설명한다. 지영이 키를 가지고 나온다.
풍경을 본다. 균이 지영에게 전단을 준다.
지영, 대충 훑어본다. 그러다 고추 하나를 이상하게
쳐다본다.

그 고추(동교), 고개를 돌리고 더 맹렬히 움직인다. 지영이 고개를 갸웃거리며 나간다.

경찰 별거 아닌 거 같은데 그냥 말씀 잘 나누셔서 끝내시죠.

현자 내가 왜?

경찰 그게 아니라…

경찰, 현자에게 뭐라고 한다. 현자는 고개를 절레절레 흔든다.

현수 (주연에게) 더 정확하게는 지붕이 있는 곳에서 하는 집회가 옥내 집회고 지붕이 없는 곳에서 하는 집회는 옥외 집회입니다.

지영의 차, 나가는 소리.

주연 여기는 지붕이 없잖아요?

현수 대신 나무가 있잖아요.

주연 나무가 지붕인가요?

현수 그거는 좀 봐야 되는데요. 예를 들어서 이렇게 집 앞 마당 나무의 경우, 가림막 같은 걸 치면 지붕이라 볼 수도 있겠죠.

주연 법 공부하시나 봐요?

현수 예.

주연 근데 이거 소음이 심해서 주변 사람들한테 피해를 주면 그것도 제재 대상 아닌가요?

현수 그건 그럴 수…

주연, 경찰에게 간다. 재란이 나와 현수에게 간다.
택시 운전사 김 씨, 양 씨, 최 씨, 나와서 이 쑤시며 본다.

주연　　저 여기 동 주민센터 근무하는데요. 여기 살구요.

경찰　　아, 네.

주연　　아무리 옥내 집회라도 소리가 너무 크면 제재 대상 아닌가요?

경찰　　그건 그렇죠. 근데 이게 별일이 아니라서 그냥 사과 좀 하면 끝날 거 같은데. (무전 온다. 받는다.)

주연　　그렇군요. (현자에게) 아주머니…

현자　　뭐, 뭐.

성복　　(웃으며) 그냥 사과하세요. 어려운 것도 아닌데 병문안 한 번 가는 셈 치고. 귀엽잖아.

현자　　(버럭) 내가 왜?

수환　　여보.

현자　　여보? 내가 왜 당신 여보야? 이제 골목에서까지도 데모야?

재란　　(고추 하나를 잡고) 현태야. 너 현태 맞지?

고개를 절레절레 흔드는 고추.
성식이 나온다.

성식　　씨바— 아침부터 왜 이래. 사람 잠도 못 자게.

성식에게 전단을 준다.

성식　　(보더니) 씨바. 아주 돌아버리겠네. 이놈에 동네.

재란　　(다른 고추를 붙들고) 현태야. 너 맞지? 이거 좀 벗어봐봐. 이거 뭐하는 짓이야. 현태야.

성식, 슬리퍼를 끌고 차로 향한다.

현자　　얼릉 저것 좀 막아. 시끄러 죽겠어.

김 씨　　그래. 맞어. 복면은 불법이잖아. 복면 불법.

양 씨　　복면 불법.

김 씨·양 씨·최 씨　　복면 불법. 복면 불법.

성, 정, 충 할머니, 박자 맞춰 손뼉 친다.
차 나가는 소리. '복면 불법' 구호 소리와 박수 소리와 음악 소리가 한데 섞여 난장판이다.

현자　　저거 벳겨버려. 저거.

경찰　　스톱. 스톱. 이제 그만.

사람들 조용해졌다가 다시 왁 일어선다.
암전.

## 8장

무대에 고추 하나만 덩그러니 남아 있다.
고추가 기괴하게 일그러지더니, 그 안에서 동교가 (탈을 벗고)
얼굴을 내민다. 이를 술에 취해 들어오던 지영이 맞닥뜨린다.

지영　어머.
동교　… 왔어? (마저 벗는다)

경과.
그날 밤. 303호. 지영이 식탁에 앉아 있다.
동교가 화장실에서 나온다.

지영　오빠. 나 왜 교수 되려고 목매는 줄 알아?
동교　…
지영　당당해질려구.
동교　…
지영　유일하게 교수는 터치를 못 하거등. 이승현이 있지.
걔는 페북에 트위터에 지 하고 싶은 말 다 써.
촛불집회 나간 거 사진 다 올리고. 중계하고.
그리고 학생들한테 인기는 더 좋아. 왜. 정년제니까.
안 짤리니까.
걔. 우리들 모임 하고 그럴 때 코빼기도 안 비쳤던
애야. 박사 한다고. 그때 다 손가락질했지.
근데 아냐. 걔가 똑똑했어. 칼을 갈았던 거지.
그리고 임용되니까 나타났어. 반전. 제왕의 귀환.

동교 자자.

지영 오빠. 나 요 앞이야. 교수. 서류 점수가 내가 제일 높대.

동교 그래. 잘했어. 넌 될 거야.

지영 내가 교수 돼서 맨 먼저 할 일이 뭔 줄 알아? 페북. 거기다 그동안 써놓고 못 올린 글들 다 올릴 거야. 내가 교수 될려고 그렇게 산 년이 아니라는 거.

동교 그래.

지영 그리고. (사이) 그 남자 교수들한테 더 이상 굽신거리지 않고 내 의견 당당하게 말하고 그렇게 살 거야. 혁명. 그게 진짜 혁명이란 거 증명할 거야.

동교 알아. 지영아. 훌륭해.

지영 그러니까 제발 문제 일으키지 말아줘. 마지막 신원조회 할 때 아무 일 없게 제발 그때까지만. 우리 아직 이혼 통과 안 됐잖아. 이제는 (행정이) 안 그런다 해도 나 그게 젤 무서워.

사이.
지영 식탁에 엎드린다.
301호. 현태와 재란이 소주를 마시고 있다.

재란 난 너 뭐 영화 한다고 왔다 갔다 하는 것도 싫어. 왜 현실에서 살 생각을 안 하고 너는 맨날 환상을 좇냐.

현태, 한잔 들이킨다.

재란 아들. 말 좀 해봐.

현태 현실 어디서 살아야 되는데.

재란 찾아보면 살 데 없겠냐. 이 땅, 밟을 수 있는데.

현태 사지육신 멀쩡해서 아우디 타면 그게 사는 거야?

재란 누가 너한테 외제 차 타래?

현태 그럼?

재란 그냥 남들만큼만 살라고. 특별하지도 대단하지도 말고. 구멍가게를 하더라도 때 되면 밥 먹고 애 낳고.

현태 세상엔 문 닫고? 남 일은 신경 쓰지 말고?

재란 니가 세상이야. 니가 살아야 세상도 있지.

현태 엄마는 사람이 뭐라고 생각해? 솔직히.

재란 뭔 소리야.

현태 먹는 거 입는 거 말고. 그래 사람이랑 동물이랑 다른 거 그거 하나만 대봐.

재란 사랑.

현태 그게 진짜 있어? 사람한테?

재란 그게 그렇게 중요해?

현태 응. 뭐든. 내가 개랑 고양이랑 다른 거 하나만 있으면 살겠어. 근데 그게 없어.

재란 그럼 너같이 하면 찾아져?

현태 적어도 자존감은 찾을 수 있지. 자존감. 인간. 그거 없으면 무너지는 거야.

재란 사람. (사이) 믿지 마. 그래야 더 살아. 믿으면 실망하고 실망하면… 애초부터 사람은 그냥 여기까지였던 거야.

현태 그럼 무슨 재미로 살아?

재란 … 하고 싶은 말이 있는데 안 할란다.

현태 아니. 엄마가 믿는 그것도 허상이야. 나처럼. 왜?

사람을 믿지도 않은데 사랑한다고 그러니까.
그게 언제까지 갈 것 같아?

재란 원래 다 속아서 사는 거야. (사이) 그럼 넌?

현태 나는 내가 믿는 만큼만, 아는 만큼만 살아.
그렇게 살다 그렇게 갈 거야.

어느샌가 일을 마치고 돌아온 현수가 문간에 서서 이 대화를 듣고 있다.

재란 거기엔 엄마도 없고 형도 없냐?

현태 없을 수도 있지.

재란 나쁜 놈.

현태 구질구질해. 가난해서 구질구질한 게 아니라
그놈에 사랑 타령, 가족 타령 마취돼서 사는 게
구질구질하다고.

재란 그럼 나가.

현태 때 되면 나갈 거야.

재란 지금 나가. 지금 나가서 어디 혼자 살아봐.
니 애비처럼.

현태 여기서 아버지가 왜 나와.

재란 왜 못 나와. 뭐가 대단한 게 있다고 그냥 선반 하면
됐는데 공장까지 차렸다가 말아먹으니까 이제부터
혼자 산다.

현태 그걸 왜 나한테 얘기하는데?

재란 적어도 남 피해 주지는 말아야지.

현태 내가 무슨 피해 줬는데?

재란 부끄럽잖아.

현태 엄만 내가 부끄러워?

현수, 현태의 뒤통수를 친다.

현수　　그래. 니가 챙피하다.
현태　　형은 빠져.

현수, 다시 손이 올라가려는데

재란　　현수야.
현수　　엄마 들어가.

사이.

현수　　빨리.

재란, 방으로 들어간다.

현수　　그게 엄마한테 할 말이냐? (사이) 그렇게 말하면, 니가 엄마라면, 넌 뭐라고 대답하겠냐?
현태　　…
현수　　그렇게 사람을 궁지에다 밀어 넣어야 직성이 풀려?
현태　　(일어서며) 씨발. 그럼 나한테 어떡하라고?!
현수　　목소리 낮춰.

현태, 다시 앉는다.

현수　　나도 인간 못 되지만 적어도 엄마한텐 그러지 말자.
현태　　그래서 그렇게 아버지 찾으러 다니냐?
현수　　뭐?

현태 다 알아. 학원 끝나면 청량리, 서울역 한 바퀴씩 돌고 오는 거.

현수 …

현태 좆같애. 다. 왜 이렇게 살아야 되는지…

사이.

현태 뭐가 잘못됐는데. 뭐를 잘못했는데. 우리가. 돈 못 버는 거 말고 우리가 뭐를 잘못했는데.

현수 그게 잘못된 거야.

현태 뭐가.

현수 세상이. 애초부터.

현태 …

현수 그러니까 세상 따윈 버려.

현태, 남은 소주를 들고 들어간다.
사이.
현수, 재란의 방 쪽에 대고

현수 엄마. 음악 틀어 줘?

조용하다.
현수, 조용히 자신의 방으로 들어간다.
201호. 현자, 계산기를 놓고 가계부를 정리하다 운다.

수환 왜 그래?

현자 내가 어떻게 살아왔는데…

수환 (다독이며) 알아. 알아.

현자 지금 이만큼 살게 된 게 누구 덕인데. 엉.
죽자고 여상 나와서 경리부터 주산 부기.
잘 살아볼려고 옆도 안 보고 살았어. 누구 덕에
올림픽 하고 누구 덕에 아이엠에프 넘겼는데
근데 남는 게 하나도 없어. 그놈에 주식.
김대중 사기꾼 놈에 새끼.

수환 알아. 알아. 하느님은 다 알아.

현자 우리나라 이렇게 된 건 산업체에서 근무한 야간
학생들 힘이 컸어. 나라를 위해서 기꺼이 목숨 바친
천안함 유공자들한텐 달랑 오천만 원 주고 세월호
머시깽이들은 육 억을 줬다는데 때만 되면 거리에
나와서 더 달라고 난리 난리에, 근데 정부에서
일하는 놈들은 그저 잘 보일려고 굽실굽실.
왜 정당하게 나라 만든 사람들 편은 안 들어주고
목소리 높은 놈들 편만 드는데. 나라 만드느라고
뼛골 빠진 사람들은 다 제쳐놓고 개 같은 놈들이
이제 다 써먹었다고.

수환 어허. (위를 가리키며) 다 보신다.

현자 억울해서 그러지.

수환 똑같은 사람 되는 거야. 욕하고 그러면은.

현자 아니, 그럼 지들은 욕하는데 이제 나는 가만
입 닫고 살라고?

수환 그게 아니라 말 안 해도 당신 고생하고 산 거는 다
저 위에서 보신다고.

현자 갑갑해. 답답해.

수환 거기 우림 필 청약은 더 안 늘어난대?

현자 세금을 높게 때리는데 누가 해? 경기도 꽁꽁
얼려 놓고.

하니가 나온다.

수환　그럼 어떻게 되는데?
현자　한 채당 이천씩 건 거 십 프로 받고 다 날리는 거지.
수환　그러길래 왜 두 채나 했어?
현자　그쪽이 알아? 지하방 세도 안 내는 주제에.*
퇴직한 년이 이제 뭘 먹고 사는데.
수환　… 대신 일하잖아.
현자　늙어도 일해? 신축은 왜 이렇게 늦는대?
수환　몇 집이 문젠가 봐.
현자　어디?
수환　203호하고 304호?
현자　304호 그 여자는 병원에 누워 있고 203호는?
수환　그 동사무소 아가씨 사는 데 샷시한 지 얼마
안 됐다고 미적거리네.
현자　좌우지간 이기적인 것들. 지들은 따로 산다 이거지.
용인 산대매?
수환　전원주택.
현자　걱정이다. 이사 갈 날은 다가오고 은행 이자는
부는데.
수환　그러니까 조합 믿지 마. 사람이 모이면은
우리나라는 안 되게 돼 있어. 안 들어봤어?
일본 놈들이 우리 보고 모래라고 그러잖아.
현자　304호 그년 아들 오면 신축 동의하겠지?
수환　하겠지. 집값 오르는 건데.
현자　좌우지간 이제 다 혼자 사는 거야. 나도 나라고

* 수환과 현자는 동거 중이다.

뭐고 내 살길 찾고 살 거야.

수환 그래. 그게 정답이야. (하니를 쓰다듬으며) 그치 꿀아?

현자 일을 너무 크게 벌였나? 빌라에 청약에.

수환 오늘은 오늘 걱정만 해. 그렇지 꿀아.

현자 자꾸 꿀꿀 하지 마. 돼지 같잖아.

수환 하니가 꿀이니까 꿀이지.

현자 무식하게 진짜. 내가 머리가 다 빠진다. 그치 하니야. 믿을 건 너밖에 없다. 너는 나랑 오래 살자. 늙어 죽을 때까지.

301호에서 음악이 들려온다.

## 9장

며칠 뒤.
쏘가 혼자서 피켓을 들고 일인 시위를 한다.
사이.
쏘, 들어간다.
균, 나와서 혼자서 피켓을 들고 일인 시위를 한다.
균, 들어간다.
현태가 나와서 혼자서 피켓을 들고 일인 시위를 한다.
지나가는 사람도 없다.
구가 피켓을 들고 나온다. 현태, 들어가려다

현태 안 되겠어.

균, 쏘, 동교, 나온다.

현태 내가 들어보니까 201호 아줌마.
균 응.
현태 그 아줌마가 광자 아줌마를 괴롭힌 게 고추 때문에 그런 게 아니라 이 빌라 신축하는데 광자 아줌마가 동의를 안 해서 그랬대.

모두 서로 얼굴을 본다. 동교는 가만히 있다.

균 근데 그걸 어떻게 알아?

현태 (101호 쪽을 보며) 일층… 그리고 확인도 했고.
내가 아는 애 중에 전산 일 하는 애 있어.

쏘 해킹?

현태 아냐. 금융 쪽에 있는 친군데.

다들 조용.

현태 아니. 내가 답답해하니까. 그냥 걔가.

균 그래서?

현태 이렇게 얌전하게 페북 몇 번 올리고 사람들 아무도 몰라. 그냥 인터넷 안에서만 시끄럽지.
그리고 이 동네 사람들 거기서 뭔 일 벌어지는지 아무도 몰라.

구 그래서?

현태 털어야지.

구 뭘?

현태 그 아줌마 탈세 투기 이런 거 금감원에 신고를 하든가, 아니면 어디에 투서를 하든가.
그럼 뭔가 조사를 받을 거 아냐. 그럼 그 아줌마 앗 뜨거 할 거고. 그리고 이거 불법 아냐.
회사 다니는데 불법 하겠어? 정당하게 열람할 수 있는 거 해서 시나리오 짜 맞춰보는 거야.

구 콜. 자료 열람이잖아.

균 공짜로 그 친구가 일해준대?

현태 내가 내면 돼.

상희, 휴대전화기를 귀에 대고 나온다. 다들 흩어진다. 동교, 멀리 떨어진다.

상희 응? 자료 잘 받았지?

현태 응.

상희 그러니까 자잘한 건 빼고 보니까 이현자 씨 통장으로 불규칙적이긴 하지만 정양희 씨가 양우… 부동산? 뭐 십, 이십, 이렇게 입금을 했드라고.

현태 그게 뭔데?

상희 이현자 씨가 일종의 브로커 같애. 부동산이랑 얘기해서 주변 집값들 올리고…

균, 노트북을 펼친다.

균 이현자, 본인은?

현태 그 동네 우림 필이라고 재개발 조합이 있는데 거기에 청약을 두 채.

구, 노트북을 본다.

구 옆에는 빌라 사놓고.

상희 은행에 대출 칠천. 월 이자가 얼추 잡아도 칠십.

구 자기는 갈 때 있으니까 그러니까 신축 대찬성.

상희 최근 양우부동산에서 들어온 건 석 달 해봐야…

쏘 사십. 연금 나오는 것 제한다 해도 한 달 생활비가 오십이 안 되네.

균 그러니까 광자 아줌마가 눈엣가시처럼 보였다.

구 왜?

균 신축 반대.

현태 아줌마 사는 층에서 북한산이 보였대.

동교, 고개 든다. 옥상에 광자 아줌마가 나타난다.
없는 고추에서 없는 진딧물을 잡는다.
동교 눈에만 보인다. 이후 몽타주.

구　　지금은?
현태　　다른 빌라 올라가서 가렸어.
광자　　진딧물. 이게 손으로 잡아야 되는 거거등. 약 뿌리면 똑같애.
구　　근데 난 오늘 여기까지. 여자친구랑 약속 있어서.
현태　　… 응.

구, 나간다. 이후 인물들 들어왔다 나갔다 한다.

균　　나도 세미나.

균, 나간다. 해성, 나온다.

쏘　　(페북 읽으며) "나 신해성은 A대위의 석방을 촉구합니다. 성소수자라는 이유만으로 불법 수사, 인신 구속을 자행하는 육군은 당장 성소수자 색출을 중단하십시오."
현태　　뭔데?
쏘　　페친.
해성　　첫 휴가 때 뭐할 거냐고 묻는 대대장의 말에 부모님께 커밍아웃할 거라고 대답했다가 일 년 가까이 휴가를 나가지 못했던 기억이 있습니다.
현태　　너?

해성, 자신의 머리에 총을 쏜다.

쏘　　근데 자살했어. 미안해. 미안해. (운다) 나 아무것도 못 하는 상태야.

쏘, 나간다.
균, 들어온다.

균　　세상에 최저임금 일만 원 씨앗을 심었던 문창호, 여전히 누구보다도 최저임금 일만 원을 강력하게 추동하고 있는 그는…
현태　균.
균　　응. 내가 곧 연락할게.

균, 나간다. 구, 나온다.

구　　태. 나 며칠 독일 가.
현태　왜?
구　　여자친구랑 괴테 생가. 미안. 가 있는 동안에도 톡 되니까 계속 연락 주고.
현태　그래, 그래 다 가라. 상희야.
상희　응. 자료 받았지?
현태　응.
상희　그거 뽑느라 눈치 보여서 혼났다.
현태　응.
상희　여기까지 내가 할 일은 다 된 거 같은데. 그리고 돈은 다시 니 통장으로 보냈어. 그러지 마라. 친구끼리. (나간다)

현태 구.

구 왜?

현태 세 시까지 보내주기로 했잖아.

구 앗, 내가 깜박했다.

현태 알았어. 내가 구해볼게.

구 알바 갔다가 내가 다시 들를게.

현태 쏘.

쏘 응?

현태 왜 이렇게 통화가 안 돼?

쏘 미안. 알바 하느라.

현태 균 연락 안 돼?

쏘 거기 그쪽 올해 최저임금 협상 심각한가 봐.

현태 씨바. 다 그만둬.

모두, 일순 정지한다.

현태 좆도 씨바, 내가 다 알아서 할 테니까.
(타이핑이 빨라진다) 얼굴 공개. 이현자. 이 여자가 바로 그 악마다. 나이 육십오 세. 전화국에서 근무하다 퇴직. 행정에 능하고 부동산하고 친함. 부동산 여자 실장이 계획을 잡으면 소문을 동네 할머니들을 통해서 냄. 좆도 여성적으로 생기지 않음.

쏘 헐.

쏘, 퇴장한다. 나머지 사람들도 하나둘씩 퇴장한다. 동교와 현태만 남는다.
광자는 계속 없는 진딧물을 잡는다.

현태　　버려진 물건을 잘 주워 옴. 그녀는 정말 이것을 절약이라고 생각함. 자식이 없음. 욕심이 많음. 숫자에 밝음. 칠십이 년 봉영여상 2부 야간부 졸업. 재산. 주식하다 날림. 그리고 이혼. 좆도 성당 다님.

광자가 천천히 걸어 나간다.

광자　　(울면서) 흐…

동교, 타이핑하는 현태의 손을 잡는다.

현태　　왜?

동교　　너 선 넘어.

광자, 사라진다.

현태　　무슨 선?

동교　　너도 괴물 된다고.

현태　　씨바 그럼. 말로만 정의니 윤리니 떠들면서 일은 누가 하는데, 맨날 알바에 그러면서 꼬박꼬박 외국 여행은 가고 일상에서는 좆도 이런 일 하나 해결 못 하면서 민주주의가 어떻고 최저임금이 어떻고 그거 진짜 이율배반적인 거 아냐?

동교　　그래서?

현태　　그래서긴 뭐가 그래서야? 나는 좆도 그런 건 관심 없고 지금 그 아줌마한테 사과를 받아야겠다고, 어떻게든.

동교　　그럼 니식으로 하면 사과 받아져?

현태 그럼 아저씨식으로 하면 받아져?

동교 적어도 후회할 짓은 하지 말아야지.

현태 후회할 짓 뭐?

균, 나온다.

균 201호 아줌마 신상 공개. 잘못하면 명예훼손으로 걸릴 수도 있어.

구, 나온다.

구 그거 디씨 애들이랑 똑같애.

현태 그럼, 니들처럼 입으로만 떠들고 때 되면 청춘 즐기는 게 그게 답이야?

쏘, 나온다.

쏘 그래도 그런 말은 안 돼.

현태 뭐가?

쏘 '여성적으로 안 생겼다.'

현태 여성적으로 안 생긴 걸 여성적으로 안 생겼다고 말한 게 뭐가 나빠?

쏘 여성적인 게 뭔데?

현태 씨바. 나는 내 생각 말 못 해? 내가 남자니까 여자처럼 안 생겼다고 말하는 게 나빠?

균, 동교를 보며 고개를 흔든다.

현태 뭐? 뭐?

구 난 빠질래.

현태 그렇지. 그럴 줄 알았어. 씨바 악세사리로 데모하는 놈은 그게 본질이지.

구 어오.

균 그만.

현태 그래, 최저임금 만 원으로 올려. 되나 보자. 옥상 밭 고추 하나도 해결 못 하는 놈들이.

구 뒈질래?

현태 뭐. 이 새끼야. 니 나이 몇이야.

구 여기서 나이가 왜 나와.

현태 야 이 강남 좌파 새끼야. 난 니 인생에 악세사리가 아니야.

구 야 이 좆도 청년 스킨헤드 새끼야. 니가 바로 적폐야.

현태 뭐?

쏘 (버럭) 그만 그만.

사이.

쏘 이럼 아무 소용없어져요. (사이) 아저씨. 말 좀 해 봐요.

동교 …

구 난 빠질래. 재미없어. 아니, 재미없어졌어.

균 당분간 좀 차분해질 필요가 있을 것 같아.

쏘 나는. 사과 받기 전엔 더 못 해.

현태 …

쏘 여자처럼 안 생겼다. 딴 데서 그런 말 들었으면 그냥 넘어가겠는데 여기서 그런 말 듣는다 생각하면 힘이 안 나.

균 그래요. 형. 그건 사과해요. 그리고 구 너도 사과하고. 나이 들먹이는 거 나도 안 좋지만 그래도 그렇게 하는 거는 아닌 거 같애.

구 … 죄송해요. 죄송합니다. 근데 전 빠질게요.

균 야.

현태 난, 사과할 수도 있지만 안 할래. 여자처럼 안 생겼다는 말이 좀 그렇긴 하지만 그렇게 하나하나까지 여혐 얘기, 답답해. 나 그렇게는 못 살아.

쏘, 나간다. 구, 나간다.

균과 현태, 동교 멀뚱히 서 있다.

## 10장

비가 온다.

지영, 혼자 서 있다.

남 교수가 우산을 들고 나온다.

남 교수 김지영 교수님. (악수를 청하며) 임용, 축하합니다.

지영 (악수 받으며) 고맙습니다.

남 교수 전화 받으셨죠?

지영 예.

남 교수 (우산 내밀며) 이거 우산 쓰고 가시라고.
전 차에 하나 더 있습니다.

지영 아닙니다. 괜찮습니다.

남 교수 아니요. 쓰세요. 저 있어요.

지영 아뇨. 괜찮습니다. 좀 맞고 싶어서요.
차도 안 가져왔어요.

남 교수 (웃으며) 네. 알겠습니다. 그럼 곧 학교에서
뵙겠습니다.

남 교수, 나간다. 지영, 하늘을 올려본다. 비를 맞을 태세다.

천천히 걷는다. 걸어서 무대를 횡으로 가로질러 나간다.

현태네. 경찰과 주연이 문을 두드린다.

주연 저기요. 주민센터에서 나왔는데요.

현수 (안에서) 네?

주연 주민센터에서 나왔어요. 저 203호 살아요.

현수 주연 씨?

주연 네.

현수, 문 연다. 경찰과 주연이 서 있다.

현수 무슨 일로?

경찰 여기가 송현태 씨 댁 맞죠?

현수 … 네.

주연 별일은 아니구요. 근데 안 계세요?

현수 지금 없는데.

경찰 송현태 씨가 201호 아줌마를 악마라고 그러면서 그분 얼굴이며 신상 같은 걸 인터넷에 올렸거든요.

현수 네?

주연 다행히 제가 발견해서 사이트에 얘기해서 지우긴 했는데요.

경찰 만약에 201호 아줌마가 고발을 하면 문제가 될 수 있습니다.

주연 저도 마음이 안 좋아서요. 근데 그런 식으로 하면 저희 동 이미지만 나빠지고…

사이.

현수 그럼 어떻게 하면 되죠?

주연 그냥 좀 동생 분한테 얘기해서 자제시켜 주시면…

현수 … 네.

주연 그리고 이거 (전단을 내밀며) 저희 주민센터에서 하는 청년일자리 지원 프로그램인데요. 동생 분한테 도움이 될 것 같아서요.

현수, 받는다.

주연　혼자 고민하는 것보다 같이 모여서 얘기도 하고 정보도 공유하고 주민센터에서도 구청이랑 연계해서 최대한 지원해 드리고 있거든요. 그쪽도 한 번 읽어보세요.

현수　… 알겠습니다.

경찰　그리고 한 번 더 문제가 되면 심각해질 수 있다는 것 꼭 인지시켜 주세요.

현수　네.

주연　그리고 그 외에도 찾아가는 주민센터라고, 여러 가지 긴급 복지 사항 같은 게 있으시면 문의 주시면 저희가 도와드릴 수 있는 부분은 최대한 도와드려요.

사이.

현수　저희는 도움 필요 없습니다.

주연　… 네.

현수　용건 다 끝나셨죠.

주연·경찰　…

현수　그럼.

현수, 문 닫는다.

경찰　가시죠.

주연　… 네.

경찰　많이 힘드시죠?

주연 아뇨. 다 제 일인데요.

경찰 그래두… 일선 업무는 다 저희 같은 사람들한테 다 몰려서요.

주연 … 네.

경찰 괜찮으시면 내일 식사라도 같이 할까요?

주연 네?

경찰 저도 이 동 살 거든요. 이런저런 얘기도 하고 말씀도 좀 나누고 하면 좋을 것 같아서요.

주연 네…

경찰 제가 여섯 시에 끝나니까 주민센터 앞으로 가겠습니다.

주연 네…

두 사람, 나간다.
현수, 전단지를 찢으며 주저앉는다.
303호. 지영, 샤워를 하고 나온다.

동교 왜 전화하지. 우산 가지고 나갔을 텐데.

지영 아냐. 맞고 싶어서 맞았어.

사이.

지영 오빠. 나 임용됐어. 최종 연락 받았어.

사이.

동교 축하해.

지영 응.

동교　잘됐어.

지영　응.

사이.

지영　우선 학교 근처 원룸으로 갈려구. 그게 당분간은 편할 거 같애.

동교　…

지영　그쪽이랑 얘기한 거 오 일에서 칠 일 사이 맞지?

동교　응.

지영　그럼 오 일로 맞춰줘. 원룸에도 오 일까지 보증금 넣는다고 얘기할게.

동교　응.

지영　오빠?

동교　…

지영　힘내.

동교　응. 걱정하지 마. 이사할 때는 내가 안 가봐도 되겠어?

지영　응. 오지 마. 이삿짐에서 다 알아서 한대. 그리고 서로 사는 거 알아봐야…

사이.

동교　그래.

지영　오빠 우리 이게 맞지?

동교　…

지영　우리 얘기하고 또 했지?

동교　응.

지영　오빠는 오빠 인생 다시 생각해볼 생각 없는 거고.

동교　…

지영　근데 왜 오빠는 남들처럼 안 되는 거야?

사이.

동교　남들처럼 되면 남들처럼 될까 봐.

지영　그게 나빠?

동교　나쁜 건지 좋은 건지 모르겠는데 그냥 그렇게
사는 거 떠나서 살고 싶어서.

지영　대신 깨끗하고 정직하게 살면 되잖아?

동교　표백제처럼?

지영　…?

동교　미안. 나는 아무래도 좀 얼룩진 게 사람인 거 같애.
고마웠다. 지영아.

101호. 전화 받는다.

성복　여보세요. 예. 제가 최성복인데요. 예? 병원이요?
임종? 아들은 안 왔어요? 아까도 같이 만났는데?
왔는데… 예, 거기 어디라고? 예. 예. 지금 갈게요.

성복, 나간다.
201호. 수환, 현자 마주 보고 있다. 하니가 옆에서
보고 있다.

수환　됐어. 드디어.

현자　응.

수환 아까 304호 그 아들도 와서 (재건축) 동의하고 갔어.
203호도 동의했고.

현자 응.

수환 한 번 안아봐도 돼?

현자 …

수환, 현자를 안는다.

수환 으이구.

현자 됐어.

수환 좀만 더.

사이. 하니가 낑낑댄다.

수환 이 개놈의 새끼. 저리 가.

현자 하니한테.

수환 그게 아니라.

현자 아. 답답해.

둘, 떨어진다.

수환 그래도 좋지?

현자 좋긴 뭐가 좋아. 청약은 날아가게 생겼는데.

수환 어허. 욕심 많이 내지 마. 탈 나. 좋은 게 있음
안 좋은 게 있고. 다 가질 수 없는 거야.

수환, 현자를 한 번 더 안는다.

현자 아. 답답해.

수환 가만있어봐. 좀.

현자 하니. 하니.

수환 개야. 개. 몰라. 몰라.

암전.

## 11장

다음 날. 한낮.
성, 정, 충 할머니, 현자, 수환은 모여 수박을 먹고 있다.
밝다.
현태, 피켓을 들고 서 있고, 균은 그 옆에 전단을 들고
서 있다.

정 (충 할머니를 보고) 아, 씨를 뱉어. 이렇게.

정 할머니, 씨를 퉤퉤 뱉어낸다.
충 할머니, 다시 한 입 물고 뱉는데 되지 않는다.

성 이르케. 이르케.

성, 뱉는다. 그러나 충, 되지 않는다.

정 하이고. 이빨이 없어져 가지고.

모두 웃는다. 이를 쑤시며 김 씨, 양 씨, 최 씨 골목길로
들어선다.

현자 아, 담배 피지 말고 이거 좀 잡숴봐.
양 씨 뭔데요?
현자 호박.

김 씨, 양 씨, 최 씨, 하나둘 받아 든다.
충 할머니, 계속 뱉어본다.

충　　크아악, 투.
김 씨　　뭔데?
수환　　씨 뱉는 거예요.
김 씨　　그게 그렇게 해서 일 메타 가나.

김 씨, 씨를 뱉어낸다. 바로 앞에 떨어진다.

정 씨　　못하네. 이르케 해야지. 이르케.

성식, 일하러 나간다.

수환　　쓰레빠. 수박 하나 해.
성식　　… 됐어요.

성식, 고개 숙이고 나간다.

성　　대낮에 나가나?
정　　올빼미야. 올빼미.
수환　　아니야 쓰레빠야.

충 할머니, 성식 쪽으로 수박씨를 뱉는다.

충　　투. 투.

모두 웃는다.

정 아. 이거 누가 다 치워.

현자 내가 치워. 오늘은.

성복과 동교가 들어온다. 동교는 현태 쪽으로 가고 성복은 할머니들 쪽으로 간다.

수환 호박 하나 해요.

성복 아아 됐어요. 정신이 없네. 그 304호 아줌마 돌아가셔가지고. 광자 아줌마. 어젯밤에 전화가 왔어.

사이.

현태, 피켓을 내린다.

수환 그래도 다행이네. 아들이 와서. 임종은 했고?

성복 응. 왔드라고. 연락이 안 돼서 어젯밤에 나한테 전화가 왔는데. 뭐 물정을 모르니까 이것저것 알려 주느라고.

수환 참 애쓰네. 자기 일도 아니면서.

정 천사요. 천사.

성복 아 뭘 또. 한숨 자야겠어요. 이따 일 있어서.

수환 그래요. 어서 들어가요.

성복 (동교에게) 어. 자네도 고생 많았어. 좀 쉬어.

동교 예.

김 씨 그럼 이제 데모 끝인가? 사람이…

양 씨, 김 씨를 쿡 찌른다.

김 씨 뭘 또? 사과할 사람이 없잖아.

사이. 다들 조용.

충 할머니가 다시 퉤퉤 뱉는다.

## 12장

옥상. 균, 구, 쏘, 현태, 동교, 말라버린 고추를 보고 있다.

동교　　이게 다시 살아날까?

쏘　　… 불가능하다고 봅니다.

구　　(보며) … 힘들 거 같은데요. 너무 안 돌봤어.

사이.

균　　이제 어떡하죠?

동교　　돌아가셨다고 사과를 못 받는 건 아니지.

쏘　　어떻게요?

동교　　… 광자 아줌마가 고추를 잃어버린 것처럼
뭘 잃어버리면 그 마음을 알까? 201호 아줌마.

침묵.

동교　　개. 하니라고. 201호 아줌마가 키우는.

쏘　　악.

구　　설마?

쏘　　그…건.

동교　　잠깐 맡아주면 돼. 누구든. 그리고 사과 받고 다시
돌려주고.

균　　…

현태　　이건 선 넘는 거 아니에요?

사이.

| | |
|---|---|
| 현태 | 확실히 해두고 시작하는 게 좋을 것 같아서… |
| 구 | 뭐. 저번 꺼도 확실히 안 했는데. |
| 균 | (째려본다) |
| 구 | 미안. |
| 현태 | 너무 늦은 건 아닐까요. |

다들 침묵.

| | |
|---|---|
| 현태 | 이제 이걸 누굴 위해서 하는지 모르겠어. |
| 동교 | 그럼 대답해봐. 널 위해 하는 건지 누군가를 위해서 하는 건지. 그런 마음이 있는 건지. 니 안에. |
| 현태 | 있는데. 있었는데. 없어졌어. 복수심 같은 건.<br>그냥 그 아줌마한테도 일러주고 싶어. 광자 아줌마 마음이 이랬을 거라고.<br>(내려다보며) 잘 봐. 여길. 나는 여기 이 동네가 무슨 영화세트 같애. 맨날 그 거리. 돌아서도 그 골목. 다 똑같은. 전 세계 어디에서나 나오는. 여긴 진짜 사연이 없어. 생명력 있는 뭔가가 없어. |

사이.

| | |
|---|---|
| 구 | 콜. |
| 쏘 | 사과는 나중에 받는 걸로. |
| 균 | 콜. |
| 현태 | 가끔 문 열리면 나와요. 하니. |
| 균 | 문이 어떻게 열리는데? |

현태, 나간다.
나머지, 따라간다.
경과.
201호. 현자, 다 먹은 수박 껍데기를 들고 들어온다. 수환, 들어온다.
현자, 수박 껍데기를 조각낸다.

현자 (음식물 쓰레기 봉투를 가리키며) 이거 좀 잡아봐.

수환, 음식물 쓰레기 봉투를 연다.

수환 으. 냄새. 거 새거에다 버리지.
현자 봉투도 다 돈이야.
수환 아니면 화단에다 묻어버리든지. 곧 공사할 텐데.
현자 그동안 수박은 한 통만 먹어?
수환 하. 여튼 여름은… (묶는다) 어떤 집은 이걸 그냥 냉동실에 넣는대.
현자 뭘?
수환 이거 음식물 쓰레기.
현자 먹는 거하고 버리는 걸 어떻게 한데다 둬.
수환 그러니까 썩기 전에, 생기기 전에 넣는다 이거지.

사이.

수환 괜찮아?
현자 뭘?
수환 304호 아줌마.
현자 …

수환 안됐어. 뭐 앞서거니 뒤서거니 가는 거지만.

현자 다 가. 사람은.

수환 …

현자 그거 내려놓고 와.

수환 아 좀 있다가.

현자 냄새나. 하니야. 하니야.

수환 그래. 하니야. 니가 좀 먹어버려라.

현자 말 같잖은 소리. 하니야.

수환 자나?

현자 하니야. 하니야.

방을 뒤져도 없다.

현자 아까 문 열어놨어?

수환 아…니.

현자 저번에도 문 꽉 안 닫아서.

수환 아니, 그게 아니라 하니야.

현자 하니야. 밖에서 못 봤어?

수환 못 봤는데 하니야. 하니야.

현자 하니야. 내 새끼.

소리치며 뛰쳐나가는 현자, 수환.

들어오는 성, 정, 충.

성 하니야.

정 하니야.

충 왈왈. 왈왈.

지나간다.

경과.

현자와 수환 각기 다른 곳에서 나온다.

현자 하니야. 하니야.

수환 하니야. 하니야.

충 왈왈. 왈왈.

만난다.

현자 당신 하니 잃어버리면.

수환 하니야.

충 왈왈. 왈왈.

나간다.

암전.

밝아지면,

쏘가 피켓을 들고 서 있다. "아줌마는 돌아가셨어도 사과는 필요합니다."

성, 정, 충 할머니, 하니를 찾는 전단을 붙인다.

현자와 수환 다시 나온다.

현자 하니야. 하니야.

수환 들어가 좀 쉬어. 내가 더 찾아볼 테니까.

현자 시끄러. 하니 못 찾으면 당신도…

암전.

밝아지면,

균이 피켓을 들고 서 있다. “그건 우리 모두를 위한 일입니다.”
수환이 전단지를 벽에 붙인다.
현자, 나온다.

현자 하니야.

기진맥진해 주저앉는다. 수환이 뛰어가 부축한다.
암전.
밝아지면,
현자가 멍하니 앉아 있다.
구, 피켓을 들고 서 있고 그 옆에 균, 쏘, 현태, 동교.
수환이 들어온다.

수환 포기해 그만. 새로 하나 데려옵시다.
현자 그게 같애? 흐…
수환 하.
현자 그쪽 없인 살아도 하니 없인 못 살아… 우리 하니 지금 어디서 헤매고 있을까… (사이) 근데 저것들 언제부터 다시 나타났어?
수환 그러게.
현자 저것들은 찾을 수 있을까.
수환 어떻게.
현자 이상한 것들이잖아.
구 뭘 잃어버리셨는데요?
현자 하니. 내 하니. 봤어?
구 언제요?
현자 며칠 됐어.

구　　찾아주면 사과하실래요?

사이.

현자　　하께. 하께. 내가 백 번이라도. 흐.

수환　　어떻게 찾어?

구　　방법이 있죠.

현자　　어떻게?

구　　사과하실 거예요?

현자　　하께. 하께. 내가 잘못했어. 내가… 죽일 년이야. 내가 광자 그 아줌마 괴롭혔어. 신축 반대한다고 지랄 지랄 하길래 내가 화가 나서 약 올라서… 내가 일부러 고추 더 땄어. 정나미 떨어져서 이사 가라고. 그래 내가 잘못했어. 내가 죽일 년이야… 내가…

그러다 문득 현자, 구를 올려다본다.

현자　　… 혹시 니들이…? (멱살을 잡으며) 그래. 너 이놈 새끼들 니들이 데려갔지?

구　　그게 아니라요.

수환　　그래. 이상해. 니네들.

동교　　씨씨티비(CCTV) 보세요. 경찰서 가면 볼 수 있어요.

현자　　응?

수환　　맞어. 왜 그 생각을 못 했지?

현자, 수환과 황급히 나간다.
사이.

구　　… 다 끝났네요.

쏘　　우리 사과 받은 거 맞죠?

사이.

구　　받긴 받은 거지. 잘못했다고 그랬잖아.

쏘　　그거야 강아지 찾으려고.

구　　어쨌든 (사이) 인간은 왜 이 모양일까. 계속.

동교　　고생했다. 이제 다 가라. 나머진 내가 책임질게.

균　　뭘요?

동교　　누군가 책임져야지.

사이.

구　　괜찮으시겠어요?

동교　　어차피 갈 데도 없어.

일동　　…

동교　　옛날에 잘나갈 때가 있었거든. 근데 한 번 실수를
한 적이 있어. 행정 실수. 알겠지만 행정은
한 번 지나가면 다시 되돌리기가 어렵거든. 그래서
어쩔 수 없이 인맥 동원하고 사정하고 고개 숙이고
간신히 어찌어찌해서 다시 원상태로 되돌렸어.
신세를 좀 졌지.
근데 그때부터 행정 일만 다가오면 계속
실수할까 봐 조마조마한 거야. 핸드폰에 써놓고
화이트보드에 써놓고 포스트잇 붙이고
주변 사람들한테 얘기해 놓고 그래도 조마조마…
그리고 무엇보다 신세 진 사람들한테 계속

고개 숙이게 되는 거야. 죄진 사람처럼. 뭔가 잡힌 것처럼. 웃는데도 웃는 게 아닌 거 같고.
저 사람들이 나한테 역으로 그런 일을 부탁하면 어떡해야 하나. 나도 들어줘야 되나. 그럼 나도 다시 그 굴레에 사로잡힐 텐데. 영원히.

현태　그래서 컴퓨터…

동교　일이. 너무. 끝도. 없어. 컴퓨터가.

현태　…

동교　불안하고 공황장애 오고 맥도날드에서 줄만 서도 짜증이 나. 왜 이렇게 핸드폰은 계속 업데이트를 해야 되는지, 그러다 모두… 놨어. 죽을 것 같았으니까. (사이) 근데 나는 편해졌는데 아내가 힘들어졌지. (사이) 우린 어떻게 해야 이 굴레를 벗어날 수 있을까?

현태　…

동교　근데 광자 아줌마가 진딧물을 손으로 잡고 있는 거야. 매일매일. 그 많은 걸. 오늘 잡아도 내일 또 생기는 걸. 농사 끝날 때까지.

동교, 일어난다.

동교　한 번 잡으면 끝나는 게 아니라 그냥 인생 자체가 잡는 거다. 진딧물을. 매일매일.
근데 그 사람을 뭔가가 죽였어. 커다란 엄지손가락이. 꾹 눌러서. 진딧물처럼.

사이.

동교 어차피 갈 데도 없었어.

현태 그럼 우린 어떻게 해야 되죠?

동교 (웃으며) 나도 몰라. 근데 한 가진 알아.
좀 잘 모르겠는 게 인간이란 걸.

현자, 수환, 경찰, 들어온다.

현자 너 이놈의 새끼들. 니들이. 니들이.

수환 이 새끼들 빨리 안 내놔? 다 봤어. 거기 선명하게 나왔어.

구 사과한다고 하셨잖아요.

현자 그래. 사과해. 사과할 테니까. 빨리 내놔. 내 새끼.

경찰 하.

균 네. 절도 맞구요. 저희가 죗값은 받겠습니다. 근데 아주머니 묘소가 파주에 있어요. 거기 낼 가시죠.

현자, 주저앉는다.

현자 흐. 그깟 고추가 뭐라고. 사람을. 그래. 사과한다.
사과해. 파주든 어디든. 미안하다. 잘못했다.
내가 죽일 년이다. 내가 나쁜 년이야.

수환 여보.

현자 다 필요 없어. 사람이 싫어. 당신도 가. 제발.

사이.

경찰 어딨습니까. 강아지.

쏘 갔다 올게.

동교 가지 마.

쏘 왜?

동교 가도 없어.

구 왜?

동교 내가 놔줬어. 어젯밤에.

사이.

동교 아주머니. 하니는 없습니다.

현자 왜?

동교 제가 놔줬습니다.

현자 너 이 개놈의 새끼.

수환 너 이 개새끼야. 가. 경찰서 가.

동교 불쌍해서 놔줬습니다. 차에 태워서 다시는 이런 데 살지 말고 맘껏 돌아다니면서 살라고 좋은 데 가서 놔줬습니다. 맞습니다. 그깟 고추 때문에 사람이 이럴 수도 있는 겁니다. 그게 사람입니다. 그깟 고추 때문에. 그깟 고추 때문에.

균 형. 형.

동교, '그깟 고추 때문에'를 멈추지 않는다.
경찰이 동교를 데리고 나간다.
현태, 시선을 어디다 둬야 할지 모른다.

## 13장

아침.
충 할머니, 벤치에 앉아 계속 침을 뱉는다. 성, 정 할머니, 보이지 않는다.

충　　크아아악. 퉤.

301호. 재란과 현태와 현수, 밥을 먹는다. 아무 말 없이.
성복, 나와 집을 보고 있다.
304호. 지영 혼자 나온다. 주차장까지.

성복　　아, 나가세요?
지영　　네. 집은 예정대로 오 일날 나갈 거예요.
성복　　혼자요?
지영　　네?
성복　　아… 예.

지영, 다시 익숙하게 전화를 건다.
주연, 나온다.

성복　　어. 나가?
주연　　예.

주연, 나가지 않고 잠시 서 있다. 누군가 기다리는 듯.
성식이 슬리퍼를 끌며 나온다.

성식　　참내.

그러나 지영, 아무 대꾸도 하지 않는다.

충　　크아악. 퉤.

차 나가는 소리 나자 지영, 나간다.
주연에게 전화 온다.

주연　　아 네. 예. 전봇대 옆이오? 예. 곧 갈게요. 네에.

주연, 상기된 표정으로 나간다.
성복, 이를 본다.
301호.

재란　　(현수에게) 학원, 안 늦었어?
현수　　오늘은 안 가.
재란　　왜?
현수　　시험 봤어.

현태, 휴대전화에 전화 온다. 끊긴다. 다시 온다.

재란　　(휴대전화 보며) 이제훈 사기배우? 안 받어?

현태, 전화 받지 않는다.
차 소리가 시끄럽다.

성복　　(내다보며) 오라이. 오라이.

수환, 그쪽에서 뒷걸음으로 나온다.

수환　오라이. 오라이.

성복　진짜 가네. 이사.

수환　예. 조금 가도 가격은 똑같네요. 용달.

성복　그렇지 뭐.

수환　종종 들를게요.

성복　뭐, 요 앞인데.

수환　…

성복　(차 쪽 보며) 안 나와 보네. 아주머니는.

수환　예. 먼저 가.

차 소리.

성복　왜?

수환　걸어가죠, 뭐.

그러나 수환, 움직이지 않는다.

수환　며칠이라고 그랬죠?

성복　다음 달 십칠 일 내가 대표로 건축업자 만나기로 했어.

수환　예.

301호. 재란, 쌈채소를 식탁에 낸다.

현수　뭐야?

재란 먹어, 상하니까. 냉장고에 계속 있었어. 상하기 전에 먹어버려야지.

현수 뭐랑?

재란 (제육볶음을 내놓는다)

현수 아침부터 웬 고기?

재란 내가 먹고 싶어서. (쌈채소를 보며) 얘들… 시들시들하네. 옥상에 고추 있을 때는 싱싱한 거, 파란 거 맘 놓고 먹었는데.

현수 걱정 마. 며칠 시간 나니까 내가 알아볼 거야. 집.

재란 어디로?

현수 광명이나 부천, 더 가면 시흥…

재란 …

현태, 고개 숙이고 있다.

수환 다시는 안 돌아볼 거래.

성복 뭘?

수환 여기.

성복 누가?

수환 201호 아줌마. 이현자 여사…

성복 …

빵빵 빵빵. 자동차 경적 소리.

수환 뭐 왜?

다시 경적 소리.

수환　　아, 이 쓰레빠 새끼.

수환, 나간다.
재란, 현태를 본다.

재란　　왜? 매워?
현태　　…
재란　　왜?
현태　　…
재란　　왜?
현태　　…

현태, 울고 있다.

막.

이음희곡선
옥상 밭 고추는 왜


처음 펴낸 날 2018년 4월 12일

지은이 장우재

펴낸이 주일우
편집 김우영 · 조지훈
디자인 전용완

펴낸곳 이음
등록번호 제2005-000137호
등록일자 2005년 6월 27일
주소 서울시 마포구 월드컵북로1길 52, 3층
전화 (02) 3141-6126
팩스 (02) 6455-4207
전자우편 editor@eumbooks.com
홈페이지 www.eumbooks.com

ISBN 978-89-93166-82-8 04810
978-89-93166-69-9 (세트)
값 5,500원

+ 이 책은 세종문화회관 서울시극단과 협력하여 제작하였습니다.
+ 이 도서의 국립중앙도서관 출판예정도서목록(CIP)은 서지정보유통지원시스템 홈페이지(http://seoji.nl.go.kr)와 국가자료공동목록시스템(http://www.nl.go.kr/kolisnet)에서 이용하실 수 있습니다. (CIP제어번호: CIP2018008820)